AF357135

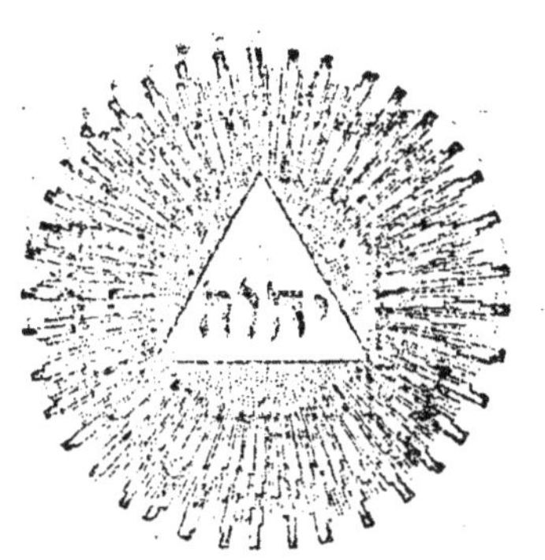

A∴ L∴ G∴ D∴ G∴ A∴ D∴ L'U∴

———

Le G∴ O∴

Des Anciens, Francs et Acceptés Maçons d'Haïti.

——ccccc——

GRAND PROTECTEUR DE L'ORDRE,

S. Ex. le Président d'Haïti.

———

Le Dimanche, 21 Juillet 1833,

La Grande Chambre Symbolique, convoquée en vertu des Statuts généraux, fut ouverte en ample forme par les TT∴ VV∴ FF∴ :

J. B. Inginac, G∴ M∴
Desruisseau fils, 1er. G∴ Surv∴ p∴ t∴
Fremont, 2d. G∴ Surv∴ p∴ t∴

Et les colonnes ornées de divers membres à vie et temporaires du G∴ O∴ et de repr∴ des Loges.

Le G∴ Sec∴ donna lecture des planches des dernières tenues de la Grande Ch∴ Symb∴ et du Comité général ; elles furent sanctionnées.

Ensuite, le T∴ R∴ G∴ M∴ fit faire l'appel des membres du G∴ O∴; plusieurs de ceux présens en la capitale n'y répondaient point. Excepté les Loges Nos. 7 et 9, toutes les autres étaient représentées.

Le Grand Sec∴ obtenant la parole, s'exprima en ces termes :

" T∴ R∴ G∴ M∴,

" Ill∴ FF∴,

" La nature de mes fonctions me commande de vous faire un rapport sur les affaires de l'Ordre, pendant le semestre qui s'est écoulé depuis vos dernières tenues. Je viens donc remplir mes obligations et vous offrir succinctement un résumé des travaux de vos différens Conseils et vous présenter les matières sur lesquelles vous êtes appelés à délibérer.

" La correspondance a été active ; un examen de mes livous prouvera que je n'ai point négligé cette partie essentielle de mes devoirs.

" La communication que j'avais été chargé de faire au R∴ F∴ *Elias Hicks* a été soignée. J'ai confié mes bal∴ au Vén∴ F∴ *Phelps*, qui, par ses relations avec les Etats-Unis, pouvait me garantir de la remise de mes documens. Néanmoins, je n'ai pas encore eu réponse du F∴ Hicks.

" Le Conseil des Desseins généraux a pris connaissance des affaires sur lesquelles il était appelé à statuer ; une grande sagesse a présidé à ses délibérations. Je vais les soumettre à votre examen.

" La R∴ L∴ No. 11, en fesant parvenir au G∴ O∴ ses rétributions annuelles, s'est abstenue d'y comprendre celles dues par quelques FF∴, ne se considérant débitrice que des rétributions acquittées individuellement. Le Conseil n'a pas admis une pareille doctrine, reconnaissant qu'il était de principe que chaque At∴ devenait responsable envers le G∴ O∴ de l'œuvre de la Grande Ch∴ de tous les FF∴ portés sur le tableau de la Loge, formé à la Saint Jean Baptiste, sauf à elle à prendre des mesures pour empêcher de pareils inconvéniens ; car, s'il en était différemment, il en résulterait des difficultés qui seraient incompatibles avec la dignité qui doit caractériser tous les actes du Corps maç∴ dirigeant.

" Le même atelier avait fait choix des FF∴ *Paul* fils, *D. Inginac* et *Louis Charles* pour le représenter au G∴ O∴ Le

(5)

Conseil, d'une part, considérant que les FF∴ Paul et Inginac
représentaient déjà deux At∴, puisque l'un était alors Surv∴
de la Loge No. 1er., et l'autre Représ∴ de la Loge No. 8 ; et
d'une autre part, que la faculté accordée aux Loges de l'obédience de se faire représenter par des FF∴ pris hors de leur
sein, était circonscrite à un seul Représ∴ pour chaque atelier,
le Conseil n'a admis que le F∴ Louis Charles pour Représ∴
de la Loge No. 11.

" La R∴ Loge No. 12, dont le zèle maç∴ se fait remar-
quer, vient de faire choix d'un nouveau local, plus propre aux
solennités de ses tenues ; elle a participé de ce déplacement au
G∴ O∴ et le Conseil en a pris note.

" La Loge No. 1er., après avoir épuisé en vain les moyens
propres à ramener le F∴ ***** dans son sein, s'est vue dans
la nécessité de prononcer sa radiation de ses tableaux : le Conseil a maintenu cette décision.

" La Loge No. 4 avait fait savoir au G∴ O∴ qu'elle dési-
gnait le F∴ Bazelais pour son Représ∴. Le Conseil n'a pas
cru devoir admettre cette représentation, car il a jugé, à la
majorité des suffrages, que la Grande Ch∴ Symb∴, en permettant à chaque Loge de se faire représenter par un F∴ pris
hors de son atelier, quand le Vén∴ ou les Surv∴, en exercice
n'auraient pu remplir leur mandat, ce n'était que dans l'inten-
tion d'appeler dans ses délibérations un plus grand concours de
lumières : ce qui n'arriverait pas, si les choix pouvaient se fixer
sur des membres à vie du G∴ O∴. Le F∴ Bazelais y a fait
des objections, mais le Conseil n'y a point délibéré.

" La Loge No. 1er. a sollicité du Grand Sec∴, des cahiers
d'instruction. Comme je n'ai pu satisfaire à la demande de cet
atelier, puisque toutes les archives du G∴ O∴ ont été la proie
des flammes, le Conseil a arrêté qu'il vous serait proposé de faire
imprimer un certain nombre d'exemplaires de ces cahiers, attendu la nécessité qu'il y a d'en pourvoir les ateliers de la juridiction.

" Le Conseil a pris connaissance d'une planche du F∴
Fresnel fils, docteur en médecine, etc., par laquelle ce F∴,
en s'élevant contre le mode suivi dans les Loges pour l'initia-
tion des profanes, propose de nouveaux moyens propres à ob-
vier à toutes difficultés, etc. Le Conseil, sans examiner le
fond de la question, n'a pas admis les propositions du F∴
Fresnel fils, car il a pensé qu'il ne pouvait appartenir à un
F∴ de faire isolément des propositions au G∴ O∴, à moins

que la Loge dont il dépend rejeterait sa demande ; et dans ce cas, ce serait par voie d'appel qu'il s'adresserait au Corps maç∴ dirigeant.

" Le Conseil a pris connaissance du procès-verbal des délibérations du Comité mixte chargé de régler le mode d'occupation du local maç∴ de cet O∴ Ce comité a déterminé que la Fête du Patron serait successivement présidée par le G∴ O∴, la Loge No. 1er., la Loge No. 5, et les travaux terminés sous la présidence du T∴ Resp∴ G∴ M∴, afin de faire installer les Off∴ de chacune de ces deux Loges par ceux qui sont appelés à le faire, selon les usages de l'Ordre. Le Conseil a sanctionné ces résolutions.

" D'après le renvoi qui lui en a été fait par le G∴ O∴, le Conseil a examiné attentivement la proposition de la Loge No. 6, relativement aux Visiteurs. Calculant les résultats que produirait le mode proposé et ceux qui résultent des principes actuels, le Conseil a pensé qu'il convenait mieux de laisser les choses dans l'état où elles sont, plutôt que d'adopter des innovations qui ne pourraient que laisser dans le vague un principe aussi vital de l'Ordre et l'assujétir à des appréciations trop multipliées.

" La même R∴ L∴ ayant fait connaître qu'elle avait été obligée de rayer le F∴ ***** de ses tableaux, ce F∴ ayant refusé de remplir ses obligations, le Conseil appréciant les motifs qui ont dirigé la Loge, a maintenu cette radiation. A cette occasion, sur la proposition d'un membre, qui a énuméré les inconvéniens qui résultaient de l'impression des noms des FF∴ suspendus ou exclus des Loges, le Conseil a arrêté qu'il serait proposé à la Grande Ch∴ Symb∴ de décider qu'à l'avenir il ne serait fait mention dans les extraits du Livre d'Or du G∴ O∴ livrés à l'impression, que des noms des FF∴ exclus de l'Ordre.

" La Loge No. 11 ayant adressé au G∴ O∴ un mémoire justificatif de l'ex-F∴ *Glaudon*, qui promet en outre la publication d'un second mémoire ampliatif, le Conseil s'est abstenu d'y délibérer jusqu'à de plus amples informations.

" Le Conseil, d'après le renvoi ordonné par la Grande Ch∴ Symb∴, a pris connaissance des pièces concernant l'affaire du F∴ ***** Après avoir mûrement examiné les preuves écrites tant de l'accusation que de la défense, ainsi que des planches adressées au Vén∴ F∴ 1er. Gd∴ Surv∴, par le F∴ condamné, qui annonce qu'une réconciliation s'était opérée entre

le F∴ ***** et sa mopse, le Conseil, approuvant la conduite
de la R∴ L∴ No. 3 , et sans préjuger de ce qui peut résulter
d'avantageux au F∴ condamné du rapprochement susdit, a
maintenu l'arrêté de la R∴ L∴ Le F∴ ***** s'adresse de
nouveau au G∴ O∴

" La R∴ L∴ No. 13, après avoir épuisé en vain toutes les
voies fraternelles propres à ramener le F∴ *****, a cru devoir le rayer de son tableau, vu la persistance de ce F∴ à ne
pas remplir ses engagemens. Le Conseil a approuvé cette radiation, comme aussi la réintégration que la Loge No. 9 a faite
du F∴ *****, qui avait été interdit par cet atelier.

" La R∴ L∴ No. 1er. avait transmis cette question au G∴
O∴ : *Un F∴ rayé par la Loge peut-il se trouver sur les colonnes
de cette Loge dans une cérémonie extérieure ?* Le Conseil a mûrement examiné cette question délicate. En l'absence des règles
positives, il n'aurait pas balancé à y faire application des principes actuels, s'il ne pensait pas que le rigorisme des moyens
à employer pour parvenir à une entière exécution, pût par-
fois entraîner à des résultats scandaleux. Il a donc chargé le
G∴ Sec∴ d'écrire à cette Loge que le G∴ O∴ espérait que
dans sa sagesse elle emploierait, selon l'occasion, tout ce qui
est propre à maintenir l'ordre et la décence qui doivent accom-
pagner toutes les cérémonies extérieures des Loges.

" Le même atelier sollicitait un délai pour satisfaire à ce
qu'il doit à la caisse du G∴ O∴, vu les malheurs qui récem-
ment ont pesé sur cette R∴ L∴ Le Conseil croit devoir ap-
puyer auprès de la Grande Ch∴ Symb∴ cette demande de
la Loge No. 1er. , en ce sens que le délai sera pour le prêt qui
avait été fait à cet atelier par la caisse du G∴ O∴ ; mais le
Conseil a pensé que vu la nécessité où se trouve le G∴ O∴
de rentrer dans ses fonds , cette R∴ L∴ devra employer ses efforts pour opérer le paiement de ce qui concerne le fonds des
écoles, œuvre de Gde∴ Ch∴ et droits d'Enr∴ , attendu que
ces fonds ne tiennent point à sa caisse. Cette R∴ L∴ a déjà
versé dans la caisse du Gd∴ Trés∴ une partie de ces fonds.

" Le Conseil a désigné les FF∴ *Mahotière, Pre. André* et
Courty pour examiner les réglemens particuliers de la Loge
No. 6, et en faire un rapport à la Grande Ch∴ Symb∴

" Il me reste à vous présenter les demandes en constitution qui m'ont été adressées depuis vos dernières tenues. Déjà
quatorze Loges sont inscrites sur les livres du G∴ O∴ ; huit
Souv∴ Chap∴ de R∴ A∴ ont été constitués, et trois Chap∴

de R∴ †∴ réunis à autant de Souv∴ Camp∴ des T∴ K∴, s'occupent à répandre régulièrement les hautes lumières maç∴. Partout, une vive ardeur anime les Enfans de la V∴; un besoin de se multiplier se fait sentir. Tout nous fait présager que notre sublime institution continuera de prospérer sur le sol fécond de notre chère patrie.

« La première demande qui m'est parvenue est celle de neuf maçons de Puerto-Plata, qui sollicitent l'établissement d'une Loge en cet O∴, sous le titre de *L'Hémisphère*, en désignant le F∴ *Jacques Simon* pour 1er. Vén∴, le F∴ *André Ranché* pour 1er. 1er. Surv∴, et le F∴ *Cadet Antoine* pour 1er. 2d∴ Surv∴. Cette demande est appuyée de la recommandation de la Loge No. 6.

« La seconde supplique est faite par dix maçons des Gonaïves, qui sollicitent une constitution pour une Loge qu'ils désirent établir en cet O∴, sous le titre de *l'Heureuse-Indépendance*. Ceux qu'ils ont choisis pour diriger leurs premiers pas, sont les FF∴ *Corvoisier*, pour 1er. Vén∴; *Lascius St. Macary*, pour premier 1er. Surv∴, et *Aimé Dufresne*, pour premier 2d. Surv∴. La Loge No. 7 appuie la sollicitation de ces FF∴.

« La troisième demande est formée par quatorze maçons de l'Anse-à-Veau. Ils veulent fonder en cet O∴, où jadis brillaient les flambeaux maç∴, un At∴ sous le titre de *la Pratique des Vertus*, et ils recommandent le F∴ *Alphonse Leriche* pour 1er. Vén∴, le F∴ *Séide Laborde* pour premier 1er. Surv∴, et le F∴ *Charles Duval* pour premier 2d. Surv∴, Leur supplique est appuyée par la Loge No. 1er.

« La vérification faite des documens présentés par tous ces FF∴, prouve leur régularité et leur conformité aux Statuts généraux. Vous déciderez s'il convient d'accorder les constitutions demandées.

« Conformément aux Statuts généraux, j'avais convoqué le Comité d'Audition, le 1er. Juillet, pour la vérification des comptes du Gd∴ Trés∴. Ce Comité ne s'est pas réuni. Il sera convenable, je pense, que vous prescriviez des mesures propres à faire parvenir à cette opération si nécessaire à la régularité de la marche du G∴ O∴.

« C'est ici le moment, RRR∴ FFF∴, de vous entretenir de la situation des finances du Sénat maç∴. Quelques ateliers sont exacts à remplir les obligations qu'ils ont contractées envers leur corps constituant; un petit nombre se montrent négligens. En vous désignant ceux qui méritent vos éloges, vous reconnaîtrez ceux sur lesquels vous pouvez déverser quelques blâmes. Je me plais à vous signaler les R∴ LL∴ Nos. 4, 6, 7, 9, 11, 12 et 13. Des malheurs ont pesé sur les ateliers Nos. 1er., 2, 3 et 5; néanmoins, à l'appel qui a été fait à toutes les Loges de l'obédience, d'après vos dernières délibérations, ce R∴ At∴, qui déjà a acquis le beau surnom de l'Équité, a compris que le G∴ O∴ ne pouvait pas rester privé de ses fonds. Sa jeune compagne jusqu'ici n'a pas imité cet exemple. Le R∴ atelier, successeur de cette Loge hardie qui se fonda à Sto.-Domingo, à côté des cachots de l'Inquisition, sous le patronat d'un chef libéral, et qui plus tard eut la gloire de faire chérir notre sublime institution par un peuple doux, mais attaché aux principes de ses ancêtres, cet atelier ne s'efforcera-t-il pas de reconquérir sa brillante position et de justifier, l'espoir que l'on avait conçu de son exactitude ? Il est à espérer, RRR∴ FFF∴, que vos nouvelles injonctions réussiront à mettre un meilleur ordre dans la perception des rétributions qui vous sont dues, en même tems que vous prescrirez de bonnes mesures pour l'emploi de vos fonds.

" J'avais pensé pouvoir vous présenter le comput. maç∴ du G∴ O∴ aussitôt après la Grande Fête. Privé de matériaux par l'effet du funeste événement du 8 Juillet 1832, je m'étais adressé aux ateliers de la juridiction pour m'en procurer : trois d'entre eux ont négligé de répondre à mes bal∴; ce qui a paralysé mes efforts. J'espère néanmoins remplir cette lacune en Janvier prochain ; si quelques Sec∴ des Loges n'ont pas été ponctuels, d'autres montrent un zèle remarquable. Ceux des ateliers Nos. 2, 4, 6, 9, 11, 12 et 13, et particulièrement le F∴ *Cliquot*, de la R∴ L∴ No. 6, méritent vos éloges.

" Le Comité général s'est réuni, conformément aux Statuts généraux, le 14 de ce mois. Indépendamment des matières déjà traitées par le Conseil des desseins généraux et qui lui ont été soumises, une question fort importante lui a été communiquée et sur laquelle vous êtes appelés à statuer : il s'agit de l'adoption des Rits par le G∴ O∴ d'Haïti.

" Un Vén∴ F∴, déjà initié dans un rit étranger au nôtre et dont l'élégance forme le principal attribut, a examiné attentivement les inconvéniens qui résultaient pour la maçonnerie haïtienne de ne pas pouvoir satisfaire à tous les vœux, en laissant à chacun la faculté de suivre le rit qui lui plaît, surtout lorsque l'on considère que la tolérance semble être l'une

des premières conséquences de notre Ordre sublime. Nous r
saurions ignorer, dit-il, que l'adoption exclusive d'un se
dogme a par fois conduit à l'intolérance, et par suite à de
schismes dangereux. Pour éviter la division parmi les E∴ d
la V∴, l'unique moyen à employer est que la Puissance di
pensatrice, devenue Puissance de tous les rits, soit comme u
foyer où chacun puisse aller puiser la lumière qu'il recherch

« Ce R∴ F∴ a examiné ensuite les objections qu'on pou
rait faire contre sa proposition. Il a dit que chaque religio
se créa d'elle-même et que la lumière émana du Très-Hau
D'où il conclut que chaque Pouvoir a essentiellement le dro
de se créer tout ce qui peut être utile à ceux pour lesquels
est constitué ; et qu'ainsi le G∴ O∴, sans craindre l'opinio
de ses détracteurs, qui, après l'avoir attaqué à sa naissance
furent amenés plus tard à le saluer, doit adopter et créer to
ce qui peut convenir au bien-être des maçons d'Haïti ; qu
le temps, maître de tout, amènerait la sanction de son œuvr

« Telles sont, RRR∴ FFF∴, les matières sur lesquell
vous êtes appelés à porter vos méditations. »

Ensuite, le T∴ Vén∴ G∴ M∴ mit en délibération les d
verses résolutions du Conseil des Desseins généraux : elles fu
rent successivement approuvées, à l'exception toutefois 1° d
celle concernant le délai que sollicite la Loge No. 1er., laquel
fut renvoyée pour être traitée par le G∴ O∴, après l'exame
que devra faire le Comité d'Audition, le 23 du courant, de
comptes du Gd∴ Trés∴ ; et 2° de l'affaire du F∴ ****, ain
que de sa demande en réintégration, fondée sur le rappro
chement opéré entre le F∴ **** et sa mopse. La Grand
Ch∴ Symb∴, en approuvant la décision du Conseil des De
seins généraux, n'entend point préjudicier aux droits que po
sède la Loge No. 3 de revenir sur le jugement rendu contre
F∴ ****, si elle le juge convenable aux intérêts de la Fra
ternité.

Peu après, une nouvelle lecture fut donnée par le Gd
Sec∴, des trois demandes en constitution : celles dirigées pa
les maçons de Puerto-Plata et des Gonaïves furent octroyées au
signataires respectifs ; et à l'égard des FF∴ de l'Anse-à-Veau
leur demande leur fut également accordée, en écartant le F∴
****, attendu que ce F∴ n'a pas rempli ses obligations enve
la Loge No. 12.

Ensuite, le Vén∴ F∴ Mahotière, au nom de la commi

on chargée d'examiner les Réglemens particuliers de la Loge
o. 6 , fit le rapport suivant :

« RR∴ FF∴,

« La Commission chargée par le Conseil des Desseins gé-
éraux d'examiner les Réglemens particuliers de la R∴ L∴
Io. 6, s'étant occupée de cet objet avec la plus scrupuleuse
ttention, a été à même de se pénétrer des principes d'ordre et
e régularité qui caractérisent ce travail ; mais, tout en les ap-
réciant, elle n'a pas cru devoir s'interdire les réflexions que
i ont suggérées la rédaction de plusieurs articles de ces mêmes
Réglemens qui lui paraissent susceptibles d'être retouchés. Pour
endre plus facile l'appréciation des remarques qu'elle s'est crue
utorisée de faire, la Commission s'est imposé le devoir de
anscrire ici les articles adoptés par la R∴ L∴, en soumettant
s amendemens qui sent jugés nécessaires.

« Par exemple ,
« L'article 4 dit que le premier Surv∴ est placé au Sud et
le second au Nord. »
« La Commission a remarqué que ce placement est en con-
radiction avec les Instructions données aux Loges, au moyen
esquelles le premier Surveillant est placé au Sud et le second
à l'Ouest.
« L'article 5 établit que les FF∴ ne s'adressent au Vén∴
qu'étant debout et à l'ordre. Les Surveillans mêmes seront
soumis à cette formalité lorsqu'il s'agit de discussion. »
« Ici, elle a pensé que la Loge étant éclairée par trois lumières, il ne semble pas séant de consacrer que les Surveillans
ui forment la triple lumière, doivent se tenir debout et à
l'ordre lorsqu'ils adressent la parole au Vén∴, première lumière
de la Loge ; et qu'au surplus, en vertu des instructions données aux Loges, les Surveillans sent dispensés de cette règle
rescrite à tous les autres FF∴. Ils prennent la parole en frap-
ant un coup de maillet, et ils se tiennent assis en raison de
eur dignité.
« L'article 7 établit que lorsqu'un Surv∴ sera dans la néces-
« sité de quitter sa place, le Vén∴ pourra le faire remplacer
« et confier son maillet à un F∴ Maître maçon siégeant sous
« lui. »
« La Commission a pensé qu'il y aurait lieu de consacrer

que dans ce cas la p é érence auroit dû être en faveur d'un ex
Surveillant, s'il s'en trouvait présent dans la tenue.

" L'article 8 dit qu'en l'absence des Surveillans les maillet
" seront tenus par les F∴ Maîtres les plus instruits, au cho
" du Vén∴ "

" Elle a pensé également que dans ce cas, les maillets de
vraient être confiés de pré érence aux ex-Surveillans.

" L'article 10 établit que les assemblées d'obligation de l
" Loge tiendront les 1er. et 3e. Dimanches de chaque mois
" depuis 3 heures de l'après-midi jusqu'à neuf heures du soir
" la Loge s'ouvrira une demi-heure après celle indiquée pou
" la réunion. "

" La Commission ne pense pas qu'il soit sage ni raisonnabl
de fixer l'heure de la clôture des travaux ; car on sait bie
l'heure à laquelle on se rend en Loge ; mais on ne peut pré
voir, et parconséquent, fixer celle de la fermeture des travaux
En prenant les hommes tels qu'ils sont et non tels qu'ils d
vraient être, une Loge ne peut savoir au juste les causes qu
pourraient l'obliger à prolonger quelquefois ses tenues. Ell
pensé que ce serait se créer des difficultés ou s'exposer à en
freindre soi-même ses réglemens, si on fixait positivemen
l'heure de la clôture.

" L'article 33 dit qu'un F∴ ne peut cesser d'appartenir
" la Loge qu'après l'en avoir prévenue et avoir satisfait à s
" obligations envers elle. "

" La Commission a pensé qu'au lieu de dire qu'un F∴ n
peut cesser d'appartenir à la Loge, il vaudrait mieux con
sacrer qu'un F∴ ne pourra obtenir son exéat qu'après avo
satisfait à ses obligations envers elle.

" Sur l'ensemble des réglemens qui ont été examiné, l
Commission n'a pas laissé d'exprimer son regret de ce que l
attributions de chaque officier ne fussent détaillées dans des ch
pitres distincts ; car, dans ce réglement, on ne trouve p
quelles sont celles de l'Orateur, des Diacres, du Maître d
Cérémonies, de l'Architecte, du Garde du Temple, de l'A
mônier-Hospitalier, ni du Directeur des Banquets. Cependan
dans un réglement particulier, les devoirs de chacun de c
officiers devraient être déterminés, et la Loge garde à c
égard le plus profond silence.

" Telles sont les observations que la Commission a jugé
tiles de faire sur ce travail. Si des 44 articles que contient

glement, les 6 sus mentionnés lui ont paru susceptibles de
ibir quelques rectifications, elle se fait un devoir de réitérer
i recommandation en faveur des autres qu'elle a reconnus
re parfaitement en harmonie avec les principes de l'Ordre.

" J.. Bte. COURTY, MAHOTIERE, Pre. ANDRE. "

Les susdits Réglemens furent sanctionnés par la Grande
h.·. Symb.·., sauf les modifications recommandées par la
Commission.

L'heure avancée de la nuit ne permettant pas de continuer
s travaux, le T.·. R.·. G.·. M.·. les a ajournés. Ensuite, il
s a fermés en ample forme.

Le Dimanche, 11 Août 1833,

La Grande Ch.·. Symb.·., dûment convoquée, a été ou-
erte en ample forme par les RR.·. FF.·. :

> J. B. INGINAC, G.·. M.·.
> PRESTON, 1er. G.·. Surv.·. p.·. t.·.
> DESRUISSEAU fils, 2d. G.·. Surv.·. p.·. t.·.

Et les colonnes ornées de membres à vie et temporaires du
.·. O.·. et de Représ.·. des Loges.

Lecture de la planche de la tenue du 21 Juillet a été
onnée et sa rédaction a été approuvée.

Le G.·. Sec.·. donna ensuite communication à l'Ass.·. d'une
lanche adressée au G.·. O.·., par le F.·. *****, ex-Surv.·.
e la R.·. L.·. N° 3, accompagnée d'un procès-verbal dressé
ar plusieurs Off.·. de cette R.·. L.·. Le tout relate des faits ré-
réhensibles, lesquels seraient commis par plusieurs FF.·. de
ette R.·. L.·., et par le F.·. ****, membre du G.·. O.·.
Cette affaire fut renvoyée au Conseil des Desseins généraux,
omme matière de sa compétence; et il a été arrêté qu'une
lanche serait adressée au F.·. *****, pour le louer de son
èle tout maçonnique.

Le F.·. Paret, Vén.·. en exercice de la L.·. No. 3, ex-
rima à l'Assemblée sa conviction que l'O.·. de Jérémie,
malgré les suggestions qui pourraient être faites à quelques
FF.·., n'aurait point de Loge écossaise par la voie supposée;

et qu'il avait avancer que le F∴ *****, si le cas y échéait n'en ferait point partie.

Le G∴ Sec∴ donna connaissance de la vérification qui fut faite de la caisse du G∴ Trés∴ par le Comité d'Audition, dont il résulte ce qui suit, appert le compte annexé aux présens :

" Il y a eu du 19 Juillet 1832 au 23 Juillet 1833 :

" Recettes y compris l'existence en caisse 1193 g. 13 c. 1
" Dépenses   652   8   3

" Existence en caisse le 23 Juillet . . ,   516 g.   4 c. 3

" Il est dû par deux FF∴ pour prêt   100
        par la L∴ No. 1er. pour prêt   911   75

" Somme des dettes . . . . 1011 g. 75 c.

" Il est dû de plus par différens At∴ diverses somme pour *œuvres de Gde∴ Ch∴, fonds des Ecoles et Droits d'Enregistrement*. Il a été impossible au Comité de fixer *positivement* le montant de ces dettes, attendu que *tous* les At∴ n'ont pas envoyé à la Gde∴ Secrétairerie leurs tableaux avec désignation des initiations, affiliations, etc. "

Sur ce, la Grande Ch∴ Symb∴ a sanctionné l'opinion du Conseil des Desseins généraux, sur la demande du délégué sollicité par la L∴ No. 1er. ; et il a été ensuite arrêté que le G∴ Sec∴ adresserait une planche à chacune des Loges retardataires, pour les inviter à satisfaire à leurs obligations envers le G∴ O∴

Lecture a été donnée de plusieurs planches des Loges de l'obédience. La nomination du F∴ *Cupidon* à la charge de Rep∴ de la L∴ No. 2, a été accueillie avec satisfaction.

Les Réglemens particuliers du même At∴ ont été sanctionnés.

Le T∴ R∴ G∴ M∴ réclamant le silence par un coup de maillet, fit à l'Ass∴ l'allocution suivante :

" Mes VV∴ FF∴,

" C'est animé du plus grand désir de voir l'unité frat.

qe notre Ordre sublime se fortifie de plus en plus, que je
viens soumettre à votre adoption, après que vous en a-
rez délibéré, la proposition faite par un de nos Ll∴ et V∴
F∴ de la cumulation par le G∴ O∴ des Rits maç∴ qui
ne sont pas en désaccord avec les lois de l'Etat et les bonnes mœurs.

" La Maç∴ est une vaste Institution philosophique et phi-
lantropique, essentiellement tolérante, qui éclaire l'esprit et
forme le cœur aux vertus; qui ne s'arrête pas aux spécia-
lités, mais qui s'étend sur tout ce qui est du domaine de
la morale, en exerçant une douce et salutaire influence partout
où elle pénètre. Reposant sur de semblables bases, elle est
la théorie de la vertu, le régulateur d'une bonne conscience : elle est la science du bonheur ; elle fortifie la sagesse,
l'amour du prochain, la justice, qui sont les plus beaux at-
tributs de l'humanité.

" C'est mûs de ces principes constitutifs de l'Ordre, que
nous voyons tous les sectateurs de la Maç∴, quel que soit
le Rit au sein duquel ils ont reçu la lumière, se reconnaî-
tre pour FF∴, et rendre le même culte au G∴ A∴ D∴ l'U∴,
quoiqu'ils emploient dans leurs travaux des cérémonies différentes. Qui pourrait, d'après cela, ne pas convenir que la
Maç∴ est une et indivisible, c'est-à-dire que le but qu'elle
se propose est toujours le même pour tous les maç∴ ?

" Dans les tems anciens comme dans les tems modernes
où les préjugés et l'ignorance aveuglaient les hommes, les
Enf∴ de la V∴ ne furent pas toujours eux-mêmes exempts
des erreurs vulgaires. Il s'en trouva qui, trop crédules ou
trop confians, se laissèrent entraîner par des spéculateurs
en Maç∴, d'où il résulta les divisions les plus funestes pour
l'Ordre ; mais quels que furent les efforts de ceux qu s'inti-
tulaient Grands Prêtres, Introducteurs aux mystères, pour
maintenir ce déplorable état de choses et l'exploiter à leur
profit, les lumières en se répandant, et la raison en éclai-
rant davantage, firent sentir la nécessité d'adopter une or-
ganisation fixe, établie sur des bases solides et susceptibles d'offrir des garanties à la Frat∴ : c'est alors que prit
naissance la formation des GG∴ OO∴ et l'institution de
leur puissance comme centre commun de l'Ordre. Toutefois,
le but auquel on visait fut encore manqué, parce qu'on s'était
écarté du principe d'unité, si indispensable à toute entre-

prise embrassant des ramifications. C'est ainsi qu'il s'élève
autant de GG∴ OO∴ qu'il existait de Rits, et qu'on vit
s'établir une sorte de concurrence maç∴, où l'esprit de pro-
sélytisme fut souvent poussé jusqu'au scandale.

" La Maçonnerie échappa cependant à la dissolution où
semblait devoir la conduire cette confusion, parce qu'il surgit
quelques maçons qui, dépouillés d'ambition et guidés par le
seul intérêt de l'Ordre, conçurent une nouvelle régénération.
Ceux-là développèrent les avantages des principes d'indivi-
sibilité et de tolérance, de telle sorte qu'ils menèrent leurs
FF∴ à arrêter qu'un G∴ O∴, comme centre d'unité de la
Maçonnerie, dans tout État distinct et indépendant, cumu-
lerait tous les Rits, et aurait le pouvoir de constituer des
Loges particulières pour travailler dans celui choisi par l'a-
telier postulant ; et il fut encore résolu que l'institution des
GG∴ OO∴ deviendrait entièrement nationale, par la loi
qu'ils s'imposèrent de ne constituer aucune Loge, à n'im-
porte quel rit hors du territoire de l'État, et là surtout où
il existerait déjà une Puissance maçonnique. — Les an-
nales de l'Ordre, dans les deux plus grands pays où la Maçonnerie soit justement en honneur, consacrent l'exactitude
de ces assertions, qui sont au surplus en parfaite harmonie
avec la saine raison.

" Toutefois, mes VV∴ FF∴, des maçons superbes, do-
minés par la passion ou par l'ambition d'éclipser tout ce qui
les environne, ou poussés par le besoin de faire impression,
de s'attirer les regards, luttent encore, quoique faiblement,
contre cette belle œuvre de la sagesse. Leurs argumens,
dénoués de solidité, sont captieux ; et, cherchant plutôt à
éblouir par de grands mots mystiques, à séduire l'esprit par
des prestiges, qu'à convaincre par la raison et le véritable intérêt de l'Ordre, ils parlent de grandes chartes secrètes qui leur
confèrent à eux seuls telles et telles prérogatives ; comme si
nous étions encore au tems où le charlatanisme devait l'em-
porter sur le bon sens, ou que la souveraineté dût résider
dans une minorité imperceptible ! Le siècle des lumières a
porté ses fruits ; la raison est triomphante, et la souveraineté est devenue le partage de la grande majorité,
qui crée le centre gouvernant et lui délègue le pouvoir d'admi-
nistrer pour le plus grand avantage de la communauté.

" Ainsi, mes VV∴ FF∴, nul ne peut contester au G∴

O∴ d'Haïti la puissance dont il est investi, puisqu'elle éma-
ne des Loges composant la Maçonnerie dans notre patrie, et que
toutes manifestent leur satisfaction de la sollicitude et des
efforts du G∴ O∴ pour tout ce qui se rattache à la prospérité de l'Ordre. Mais le G∴ O∴, pour justifier cette haute confiance des maçons haïtiens, ne doit jamais
perdre de vue l'union indissoluble qui doit régner entr'eux.
Et quel plus sûr moyen de la conserver, de l'affermir, que de
faire disparaître tout motif susceptible de provoquer des dis-
sidences, qu'en se mettant à même d'accorder tout ce qui
peut être raisonnablement demandé sans qu'on soit obligé
de recourir ailleurs pour l'obtenir? Tel est le but important
auquel la cumulation des Rits peut seule faire atteindre.
Et sans parler des bienfaits qu'elle doit opérer, elle offre
l'avantage d'enlever tout sujet aux schismes et de satisfaire toutes les inclinations maçonniques. C'est ainsi que
la Maçonnerie, reposant sur des bases aussi solides que li-
bérales, se montrera tout à la fois tolérante et indivisible,
et que l'intrigue recevra le coup de mort, elle qui compte
toujours sur les divisions qu'elle peut faire éclater entre les
maçons haïtiens, pour mieux réaliser ses perfides desseins.
Or, mes VV∴ FF∴, après vous avoir exposé l'état de la
question dans son jour le plus simple, je vous en établis
juges avec d'autant plus de confiance, que je sais que vous
n'eûtes jamais dans la pensée de tyranniser la conscience de
vos FF∴, et encore moins de leur imposer vos goûts; vous
dans les cœurs desquels brûle constamment le feu sacré de
l'amour de la patrie.

" S'il vous restait encore dans l'esprit quelques scrupules,
il vous suffira pour les dissiper, de relire le manifeste pu-
blié le 25e. jour du IIe. mois maç∴ 5824 qui déclare
l'Indépendance de la Maçonnerie dans la République, la
formation du G∴ O∴ et la création du G∴ Prot∴ de l'Ordre
en faveur de l'Ill∴ F∴ J.-P. Boyer, Président d'Haïti !
vous y verrez que la pensée des auteurs de cet acte, qui
fut salué des sentimens les plus frat∴ par divers GG∴
OO∴, était de réunir tous les Rits en harmonie avec les
mœurs nationales; et s'il n'en fut pas fait mention d'une
manière spéciale, il ne s'en suit pas que cette omission puisse
en rien préjudicier au droit qu'a le G∴ O∴ de faire tout
ce qui peut contribuer à la plus grande prospérité maçon∴

Ce qui doit encore fortifier davantage dans la pensée que cet acte d'indépendance entendait comprendre toutes les Maç∴ professées ou qui pourraient l'être en Haïti, c'est que le T∴ Ill∴ G∴ Prot∴ ne s'est jamais considéré autrement que comme celui de tout l'Ordre dans la République, en vertu du mandat à lui décerné par le G∴ O∴ Or, comment ce corps eût-il réclamé la protection du Chef de l'Etat pour tous les maçons habitant Haïti, s'il n'avait pas entendu dès le principe les réunir tous sous son obédience, de quelque rit qu'ils fussent ?.. En cela il n'y a eu nulle autre ambition que de conserver la Franche-Maçonnerie pure et dégagée de tous entraves dans le sein de la patrie. C'est par suite du même principe que notre Ill∴ G∴ Prot∴ a refusé d'accepter la nomination qui lui avait été envoyée par le Sup∴ Conseil-Uni, soit-disant pour l'hémisphère occidental des PP∴ SS∴ GG∴ II∴ GG∴, 33e. degré du rit écossais, établi à New-York, parce qu'il n'a pu échapper à la sagesse du T∴ Il∴ F∴ J.-P. Boyer, que l'acte du G∴ O∴ l'avait investi du Grand Protectorat pour toute la Maçonnerie qui serait professée en Haïti; que dès-lors il n'avait pas de délégation à attendre pour cet objet d'aucune Puissance maç∴ étrangère, pas plus que de s'affubler du titre vain de G∴ Prot∴ de la Maç∴ pour des contrées qui ne sont point placées sous la juridiction politique d'Haïti.

" Et, mes VV∴ FF∴, à l'occasion de la conduite qu'a tenue ce Sup∴ Conseil-Uni des PP∴ SS∴ GG∴ II∴ GG∴ 33e., vis-à-vis du G∴ O∴ d'Haïti, dont il ne pouvait pas avoir ignoré l'existence, ne peut-on pas se demander quel était son but ? et par cela seul qu'il prétendait s'arroger un droit d'obédience sur la Maç∴ haïtienne, ne serait-on pas fondé à conclure, qu'égarés ou poussés par des intrigans, ces hauts maçons se seraient prêtés à fomenter le schisme, la division, l'anarchie dans le sein de nos Loges pour mieux arriver à renverser l'autorité du G∴ O∴ ? Oh ! qu'en effet leur erreur aura dû être grande, ou qu'ils auront été étrangement trompés ceux qui ont pu croire qu'ils seraient ainsi parvenus à diviser les fils d'Haïti qui ont tant de motifs pour resserrer chaque jour d'avantage les liens qui les unissent ! ! ! Sans doute, mes VV∴ FF∴, vous êtes trop perspicaces pour n'avoir pas sainement jugé du but de la démarche qu'on fit faire à ce Sup∴ Conseil-Uni ; et ce doit être pour vous une puissante raison de montrer combien vous êtes affermis dans

la bonne voie et combien vous désirez voir la Maç.·. se na-
tionaliser en notre Patrie, en adoptant la consécration du
grand principe qui fait l'objet de l'assemblée de ce jour.

" Ce principe comporte par excellence cet autre principe
qui honore tant ceux qui le professent : celui de la tolérance ! de cette tolérance si précieuse pour ceux qui, se trouvant isolés au milieu de la Confrat.·. haïtienne, pourront
désormais, sans craindre que leurs goûts soient proscrits,
les avouer et les professer à l'égalité de ceux des autres, tout en concourant à l'administration générale de l'Ordre.

Mes VV.·. FF.·. , je ne m'étendrai pas davantage :
vos lumières et surtout votre raison, vous auront bien mieux
parlé qu'il ne m'était donné de le faire. Ne vous laissez donc
plus arrêter par de puériles considérations dans l'importante
décision réclamée pour le bien de la Maç.·. Faites surtout,
en attachant vos noms à ce grand acte, que ceux qui vous
succéderont dans la carrière, bénissent un jour votre mémoire et vous rendent grâces des bienfaits que vous leur aurez
assurés.

" C'est pourquoi, mes VV.·. FF.·., je vous propose,
le principe de la cumulation des Rits une fois adoptée, que
vous arrêtiez,

" 1° Qu'un certain nombre de FF.·. soient désignés pour
se réunir au Conseil des Desseins généraux, afin de préparer le
travail que nécessitera l'objet que vous avez en vue, comme
aussi de s'occuper d'un travail ayant pour but la révision
de nos Statuts généraux, selon les besoins actuels, et les
modifications auxquelles pourra donner lieu l'adoption de
la cumulation des Rits ;

" Et 2° que l'extrait de la planche de ce jour soit communiqué à tous les Souv.·. Camp.·., Sup.·. Chap.·. et Loges
de l'obédience, de même qu'à la Loge écossaise les Elèves
de la Nature. "

La matière mise en délibération, la Grande Ch.·. Symb.·.,
pour le bien général de l'Ordre en Haïti, a proclamé le
principe de la cumulation des Rits ; et il fut arrêté que le Conseil
des Desseins généraux, auquel il serait adjoint 15 autres membres nommés par le G.·. M.·., s'occuperait d'aviser aux moyens propres à parvenir au but désiré, et de préparer le mode organique à ce approprié. Un comité de 5 membres sera

tiré de cette Grande Commission pour confectionner le travail préparatoire, lequel sera ensuite examiné par la Commission divisée en trois grandes sections, selon l'échelle des grades. Et en dernier lieu; la Commission réunie, arrêté le plan général pour le soumettre le plus prochainement possible à la Grande Ch.·. Symb.·.

Vu l'heure avancée, les travaux ont été continués à une autre tenue pour procéder aux grandes élections, et ensuite; le T.·. R.·. G.·. M.·. les a fermés en ample forme.

———

Le 15 Août 1833,

La Grande Ch.·. Symb.·., dûment convoquée, a été ouverte en forme par les RR.·. FF.·.:

    A. Preston, 2d. G.·. Surv.·., occup. le fauteuil.
    Desruisseau fils; 1er. G.·. Surv.·. *p.·. t.·.*
    Sambour; 2d. G.·. Surv.·. *p.·. t.·.*

D'autres membres à vie et temporaires et Représentans des Loges ornant les colonnes.

Lecture de la planche du 11 courant a été donnée, et sa rédaction a été approuvée.

L'ordre des travaux amenant les grandes élections; le Vén.·. F.·. occupant la chaire a invoqué le G.·. A.·. pour qu'il daigne diriger les choix des ouvriers.

On a procédé en premier lieu à l'élection du R.·. F.·. qui devra occuper la Grande Maîtrise, pendant le cours de la prochaine année; le résultat du bulletin a produit l'unanimité, moins un, des suffrages en faveur du Vén.·. F.·. *B. Inginac*: sa proclamation a été suivie de brillants *huzza*.

Ensuite, procédant aux autres élections, il en est résulté les choix suivants:

  Les VV.·. FF.·. A. Preston, a été élu 1er. G.·. Surv.·.
        J. Daublas, a été élu 2d. G.·. Surv.·.
        J. Depa, a été élu G.·. Orateur.
        Bouchereau, a été réélu G.·. Trés.·.

(19)

Les VV∴ FF∴ C. C. Ardouin, a été réélu G∴ Archiv∴ et G∴ Secrétaire.

F. Sambour, a été élu 1er. G∴ D∴

D. Labbee, a été élu 2d. G∴ D∴

Mahotiere, a été élu G∴ Architecte.

Duval, a été réélu G∴ M∴ des Cér∴

Pie. Andre, a été élu G∴ P∴ Gl∴

Simon,
Daguerre, } Gds∴ Intendants.
Etheart,

L'Ass∴ a applaudi à toutes ces élections.

Le G∴ Sec∴ a fait savoir à l'Ass∴ que le T∴ R∴ G∴ M∴ lui avait ordonné de communiquer à la Grande Ch∴ Symb∴ le choix qu'il avait fait, en vertu de la délibération prise dans la précédente tenue, des FF∴ qui devront composer les différentes Commissions chargées du travail des Rits.

Le T∴ R∴ G∴ M∴ a désigné les VV∴ FF∴ *Frémont, Cupidon, D. Inginac, C. Ardouin* et les Vénérables en exercice des RR∴ LL∴ Nos. 2, 3, 4, 6, 7, 8, 9, 10, 11, 12 et 13, pour se réunir au Conseil des Desseins généraux : la Grande Commission se trouvant ainsi composée des TT∴ CC∴ FF∴ *B. Inginac,* K∴ ; *Lespinasse,* K∴ ; *B. Ardouin,* K∴ ; *Preston,* K∴ ; *Buzelais,* K∴ ; *Bouchereau,* K∴ ; *Simon,* K∴ ; *Ethéart,* K∴ ; *Desruisseau,* K∴ ; *Duval,* K∴ ; *Frémont,* K∴ ; *C. Ardouin,* K∴ ; *Th. Cupidon,* K∴ ; *D. Inginac,* K∴ ; *Depa,* K∴ ; *Bonnet,* K∴ ; *Valencia,* K∴ ; *Ponthieux,* K∴ ; *Solages,* K∴ ; *Simonisse,* R∴ A∴ ; *Pierre André,* R∴ A∴ ; *Mahotière,* R∴ A∴ ; *Chégaray,* R∴ A∴ ; *Paret,* R∴ A∴ ; *Déjoie,* R∴ A∴ ; *Lamarre,* R∴ A∴ ; *Daguerre,* M∴ ; *Courty,* M∴ ; *Torrès,* M∴ ; et du F∴ N****, (Vén∴ de la L∴ No. 9) ; et le Comité qui devra s'occuper du travail préparatoire, sera composé des VV∴ FF∴ *Preston, C. Ardouin, Depa,* (1) *Mahotière* et *D. Inginac.*

Peu après, le Vén∴ F∴ occupant la chaire, a désigné

---

(1) En l'absence du V∴ F∴ Depa, il a été remplacé par le V∴ F∴ *B. Ardouin.*

les TT∴ CC∴ FF∴ *Desruisseau, Sambour, Labbée, Mahotière, Bouchereau, Depa, C. Ardouin, Ethéart* et *Rémy*, pour aller annoncer au G∴ M∴ sa réélection et le féliciter sur le nouveau choix que la Gde∴ Ch∴ Symb∴ a fait de lui pour diriger ses travaux.

Les travaux atteignant leur perfection, ont été fermés en forme.

Pour extrait conforme :

Le Grand-Archiviste et Grand-Secrétaire,

C. ARDOUIN,

COMPTE rendu au Comité d'Audition du G∴ O∴
d'Haïti.

———0000———

Exercice du F∴ Bouchereau, Gd∴ Trés∴

———

RECETTES.

Existant en caisse, le 19 Juillet 1832.	245 g.	76 c.	
Reçu de la L∴ No. 1er., p. catéchismes.	25	37	1[2
———— L∴ No. 6, pour rétributions.	128	00	
———— L∴ No. 7, pour dito .	107	00	
———— L∴ No. 13, pour dito .	47	00	
———— L∴ No. 5, p. catéchismes.	7	00	
———— L∴ No. 11, p. rétributions.	339	00	
———— L∴ No. 1er., p. dito .	299	00	

Total des Recettes. . 1198 g. 13 c. 1[2

DEPENSES.

Pour le tiers des dépenses de l'arrangement du local.	82 g.	41 c.	1[2
Pour des imprimés payés au F∴ Pinard.	87	50	
———— dito dito au même . .	82	00	
Pour neuf mois de loyer du local, 1[3 du prix.	127	00	
Pour 12 mois de gages au F∴ servant.	96	00	
———— rafraîchissemens dans les tenues.	75	60	1[2
———— fournitures de bureau.	29	25	
———— gratification au Grand Secrétaire.	70	00	
Compté au F∴ Simon, pour suppléer aux dépenses de la Grande Fête.. . . .	18	00	
Pour blanchissage de linge de table. .	3	31	3[4
———— solder le repas du 21 Juillet. .	11	00	

Total des Dépenses. . 682 g. 08 c. 3[4

RECAPITULATION.

Recettes. . . . . . 1198 g. 13 c. 1⁄2
Dépenses. . . . . 682 08 3⁄4
____
RESTE en caisse. 516 g. 04 c. 3⁄4

Il est dû par deux FF∴, pour prêt. . 100 g. 00 c.
———— par la Loge No. 1er., pour prêt. 911 75
____
TOTAL. . . . . 1011 g. 75 c.

Certifié sincère.

O∴ du Port-au-Prince, le 23 Juillet 1833,

BOUCHEREAU.

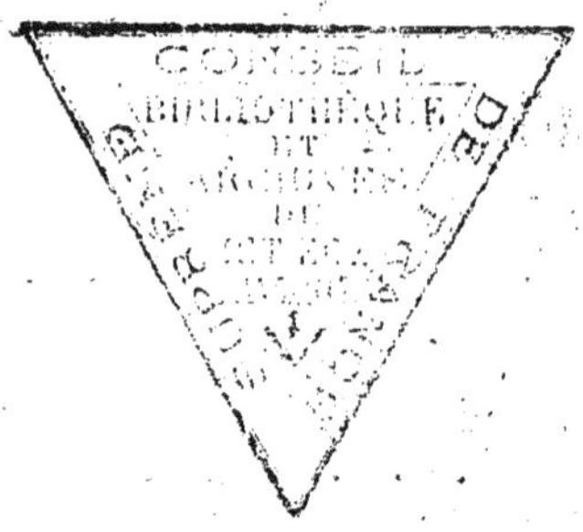

EXTRAIT du Livre d'Or du Sup∴ G∴ Chap∴ DE
Royal Arche, *2de. Section du* G∴ O∴ *d'Haïti*,
(tenüe du 27 Octobre 1833).

" Le T∴ Ex∴ G∴ M∴ Z∴ a communiqué au Sup∴
" Ch∴ les délibérations de la Grande Ch∴ Symb∴, relatives
" à la cumulation des Rits. Les Ill∴ Comp∴, appelés à don-
" ner leur opinion sur cette question délicate, en ont una-
" nimement reconnu la nécessité. Les décisions de la 3e.
" Sect∴ ont donc été approuvées, et le Sup∴ Ch∴ a con-
" firmé le choix des membres des différens Comités désignés,
" se réservant la sanction de leurs travaux. "

Pour extrait conforme :

Le 1er. Gd∴ Sbe∴, *Grand-Chancelier,*

C. ARDOUIN.

EXTRAIT du Livre d'Or du SUPREME GRAND CON-
CLAVE, *1re. Section du* G∴ O∴ *d'Haïti,* (tenue
du 25 Août 1833.)

" Le Souv∴ Gd∴ Comdr∴, dans une courte improvi-
" sation, expose au Sup∴ Gd∴ Conclave la délibération prise
" par la Grande Ch∴ Symb∴ pour parvenir à rendre le G∴
" O∴ dépositaire de différens Rits. Les Ill∴ Chev∴ présens,
" appelés à délibérer sur cette importante question, ont ap-
" prouvé toutes les décisions de la Grande Ch∴ Symb∴ ainsi
" que les choix faits des membres des différens Comités,
" attendu que plusieurs des Ill∴ FF∴ qui les composent
" appartiennent au Gd∴ Conclave, qui, toutefois, se ré-
" serve le droit d'examiner le travail de ces Comités. "

Pour extrait conforme :

Le Grand-Chancelier p∴ t∴

C. ARDOUIN.

---00000---

IMPRIMÉ AU PORT-AU-PRINCE, PAR LE F∴ J. E. PINARD,